沙羅の花

大串靖子歌集

国原叢書第73篇

短歌研究社

序

「国原」の旧くからの同人、大串靖子さんがこの度、第二歌集『沙羅の花』を上梓されることになり、僭越ながら序の筆をとることとなりました。第一歌集『雪明り』の序に母稲垣道が記してから八年。待望の第二歌集であります。

昭和四十八年、「国原」に入会。祖父稲垣浩に師事され、そこから休むことなく作歌を続けてこられました。「国原」は祖父の敬愛する窪田空穂の歌風を継承するもので、いわゆる「境涯詠」といわれる、日常を重んじ、心と詞《ことば》の真《まこと》を信とするものです。大串さんは長年の作歌でこの詠風をご自身のものとされ第二歌集として開花されました。浩からの讃辞も聞こえてくる様に思います。

第一歌集は、

　陽に映えて紅葉明るき山路越ゆ胸の奥なる母伴いて

で終わっており、母上、そして先立たれた弟君への挽歌集としての色濃い

内容でした。そこから、

たなごころコーヒーカップに温めつつ遺影の母とかたらふ真昼
ささやかに野菜を買ひて充ちたりて旅をとぢゆくちさきわが家へ
母逝きてのちに巡りしこの秋のなにも急くなき時間あたらし

に知られるように、退職され四年がたった平成二十四年からの作品で、気負いの抜けた心境の伸びやかさ、しなやかな日常への視点はその新しい時間、環境によるものでしょう。

第二歌集の特徴をひと言でいうなら、自由闊達、ではないでしょうか。生来の気性であるユーモア、ウィットに富んだ一面は、

ちらしには〈元気な卵〉とうたふなり飛びだすだらうか殻をやぶりて
窓口の本人確認このわたしではだめですか紛れなくゐて
身の内に癌といふ名の鬼が棲む「一匹ですか」鬼の呼びかた

にみられる様に、深刻な内容さえも歌で飛ばしてしまう勢いがあります。
弟君への絶唱は第一章の圧巻ともいえる一連で、

弟の署名を墨で消しながら弟を消すごと湧きくるなみだ
沙羅の花ほろほろほろと散りやまずまるで溢れるなみだのやうに
十分に咲いたのだらうか沙羅の花みち辺とほれば想ふおとうと
抱きしめてあげればよかつた夏中を眠りつづけて逝きし弟

涙なくしては読めません。さらにはご自身の乳癌との闘いにおいて、

人の目と思ひこみたる恐怖心おのれの目であり弱さでありて
女でも男でもいいそんな気のしてくる自分になれたのだから

と解放された明るい強さが際立ちます。
日常においては、車の運転がお好きであろう一面も免許返納をめぐる逡巡する思いが、

まへうしろシニアのマークひからせて桜の風になりきり走る
ハンドルの向かうに光る凪の海じぶんに折り合ひつけてゆく道
けふもまた詮なき問ひを捨てにくる光おだしき夕凪の海

と歌われていて心惹かれます。

最後に大串さんの短歌に見られる、最も特徴的なご自身への深い観照についても触れなければなりません。看護学の道を進まれ、保健大学教授として退官されたこれ迄の歩み、職に身を捧げ多くの後進の育成に尽くされた次の歌には、大串さんらしい厳しい視座が据えられています。

不完全燃焼どころか不燃物われの一生《ひとよ》を分別すれば
泣くことをわすれしごとく過ごしきて城のさくらに会ふ旅へ発つ
フェルメールの〈少女〉にじつとみつめらる母へたうとう言へざりし闇

第二章については、いずれも入選歌であり、実力を思わせる粒揃い。作歌への意欲とチャレンジ精神に満ちています。どの歌も一首独立して感の頂点をきわめておられる力作かと思います。

大串さんは、まだ道半ば、という気持ちを常に持っておられ、どこまでも謙遜の態度を貫いておられます。

この歌集で短歌の醍醐味に触れて、今後の作歌の指針とされる方が一人でも多くおられますように。大串さんの歌がさらなるステージを迎え、次の歌集へと発展されますことを祈念して、拙い序にかえさせていただきます。

令和二年四月十日

歌誌「国原」編集・発行人

岩崎潤子

沙羅の花　目次

沙羅の花

第一章　歩みつづけて

歌誌「国原」合同歌集『群青』『希望』『青森県歌集』
所収の自選歌　　平成二十四年——令和二年

時間あたらし

平成二十四年

ひとつことに没頭し得る長き間にふとも気づけりふたたびの春

たなごころコーヒーカップに温めつつ遺影の母とかたらふ真昼

水かげん母に訊きつつ赤飯を炊きしはひととせ前の彼岸会

「あったかくして寝るんだ」といふ母の声きさし心地す梅雨寒の夜半

「知る人がみな逝ってしまった」と嘆きつつ焼香なしくるる旧き隣人

日盛りを母のもとへといそぎたるひと夏なりき　わかれの夏は

〈去年の今日は〉日々ふりかへるひととせのめぐりてけふは母一周忌

母逝きてのちに巡りしこの秋のなにも急くなき時間あたらし

町のルーツ

長き夏にはかに萎えし涼しさに歌集『山姥』じつくりと読む

鶴見和子歌集

にびいろの諏訪湖の面に白雲の低くたなびく旅のゆふぐれ

ささやかに野菜を買ひて充ちたりて旅をとぢゆくちさきわが家へ

幼な日の担任なりし師の通夜につどふ七十路カラスが三羽

住まひする町のルーツを知りたしと講座に聞くは蝦夷《えみし》のはなし

口ごもり「元気で」と声ひくく言ふ　遠き山形　遠きいとこは

ノート

意を決めて跡消すごとく破り捨つ役目終へたる講義のノート

ノート捨ておのれを捨つるごとむなし予想したれどそは深く沁む

震災で強まりしといふひとびとの絆の意識　切なりわれも

ガレキとて柱一本梁一本ひとそれぞれのわが家でありき

最果ての陸奥湾沿ひに車列なし三百台が吹雪《ゆき》に閉ざさる

寝つけずに透かす夜の闇しろじろと雪ほそく降る光ひそめて

屋根の雪どどおつと滑る音のしてのちのしづけさ叱られしごと

企てをメール一本に取り交はす東京と青森　空はつづける

東京はクリスマス寒波と一行に伝ふるメールひつそり閉づる

低き地

旅立ちの十時間越すフライトにこころ構へり老いきざす身は

従兄妹らの誘ひくれたる旅行なり母なきわれを慰めくれて

初寄港フォーレンダムの石畳　足うらの感触めづらしみたり

奥処なるゴッホの森の美術館　松の林をふかく入りゆく

ルーベンスのキリスト昇架と降架の絵痛ましとみて長く見得ざり

アムステルダム美術館

聖堂の菩提樹《リンデンバウム》の生け垣は横一列に手をつなぎをり

幾たびも大き水門を通りゆく運河と運河の出会ふ河すぢ

瘤かたく太き裸木見おぼえしゴッホの野辺の絵にもありたり

路地裏のカフェに憩ひて山盛りのムール貝食ぶるベルギー流と

はればれと世界遺産のグランプラス「スリに注意」とイヤホンガイド

しづもりて水面にうつる館さへ古びてゆかしブリュージュの街

国名の謂れ「低き地」オランダの大地守りし風車と運河

川岸にのどかにならぶ風車群のこる地名は子どもの堤《キンデルダイク》

クルーズの乗務員らも馴染みそめニホンゴ使ひ会話はづめり

木靴《サボ》鳴らし民族舞踊みせくるる背高き男女の肌あかかりし

山麓の春　　平成二十五年

新年の歌会のありはじめての参加をきめておぢけつつ入る

名のみにて永きをりふしまみえざる笑みやさしくも歌詠む人ら

ともどもにカラオケ歌ひわが手をもつなぎくれたり祝賀の宴

「おみやげ」と卓の蜜柑をつと摑みけふ親しみし友は呉れたり

歌会果てのぼりくだりの坂道をななつ越えきて雪となりたり

追ひかけて電話のなれば師の声は雪を気づかひくださりにけり

真夜さめて罪をかすごと水を飲む明日の検査の指示に背きて

覚えなく〈見守られゐる〉身となりぬわれがふたりになる思ひして

お役所の〈独り暮らしの高齢者〉リストにわれも並びてをらむ

追ひ越してふりむかず来しを悔いてゐる足曳きあゆむ友と気づくに

ありつたけの人形あつめ大地震の満二年目を雛かざりする

上り坂追ひこしゆける人早し小さくなりて一度ふりむく

ごつごつといたく堅かる〈ほど芋〉のほつくり甘し友が丹精

遅き春つつじやうやく芽吹きたる小高き斜面《なだり》みやしろの道

さえざえと明るき牧の新緑の道はつづけり山麓の春

最期のメモ

トト、トトト、リズムを刻む雨だれのここちよけれど旅に発つ朝

職退きてひさしきわれに声かけてくるる旧友と旅にたちたり

そちこちに山茶花咲ける早春の街をたづねし　遠き愛知の

クリスマスローズひつそり咲きをりぬ友亡き庭に春はめぐりて

手帳には最期近かりし友のメモ　〈今日は通じのあり〉とさびしく

戒名に「修学」の文字いただきて友が一生《ひとよ》をつらぬきし道

天野敦子さん

形見なる七宝焼のブローチに声かけらるるおわかれの会

アルルの野辺に

十二時間とびゆく眼下はるかにもロシアの大地くろぐろ続く

巌の島モン・サン・ミシェル喘ぎつつゆけば聳ゆる僧院の塔

牢獄となりし時代もあるを知る聖ミカエルの巌の僧院

アヴィニヨン歌はれし橋は半分に断たれて踊る子らの影なく

アヴィニヨンに法王庁の在りし代の史跡宮殿なほ荘厳に

ゴッホ描きし跳ね橋ながく時を経てアルの野辺に黒き影ひく

街角に黄の壁あかるきカフェテラス絵のままにあり立ちて眺むる

精神を病みにしゴッホのすごしたる病院の庭は花咲きみちて

岩山の高みに営々築かれし鷲の巣村の石の家並み

プロヴァンス野道に赤きひなげしの花は晶子の〈コクリコの花〉

憧れて遠く旅ゆく野の果てにサント・ヴィクトワール白き岩山

白木蓮

ひいやりと梅雨湿る朝きこえくる郭公のこゑ透き通るごと

大樹なる白木蓮の咲き満つる友の家垣ひそやかなりて

きはやかに木天蓼《またたび》の葉のしろじろと小暗き杉の林のきはに

立ちこむる霧の牧場にまつすぐな区画の木立くろぐろ続く

艶やかにヤマゴバウの実くろく照る更地の隅に重機のこりて

茂吉全集

細菌の培養法から手を取りて教はりたりし研究生われ

ひつそりとうれしさ湧ける師の電話　蔵書整理と言ひわけされて

師が褒美たまはるここちに解く三箱　茂吉全集三十六巻

手に取りて茂吉短歌をよみはじむわがゆく道のはるけきままに

若き日に歌詠みにしやそのことは訊けずじまひの遠き恩師に

本箱にをさまり茂吉全集の背表紙いかめし黙してならぶ

金の浮雲　　　　平成二十六年

あかあかと八幡岳にしづむ陽のみやげのやうな金の浮雲

あかまんま群るる原辺をてくてくとなにか思ひなほしてあるく

日焼けして赤黒き手の皮膚のいろ病まひしのちの無事の勲章

ちらしには〈元気な卵〉とうたふなり飛びだすだらうか殻をやぶりて

不自由の身をかこちつつ友の言ふ「がんばって生きよう」ひびきやさしく

寒空にのむべき薬ひとつ増ゆしぶときコレステロールの退治

服用のくすり戦士の活躍で〈正常範囲〉のめでたきわが血

瓶づめのオリーブの実よふかぶかとくらき眠りにみる夢はなに

咲きそめてはにかむやうな秋海棠の花しづかなる午後のかたかげ

憧れて北の海辺に住む人の歌を読みつぐ秋の真夜中

竹谷弘子歌集『無律の時間』

三つぶをばもらひし沖縄からすうり直径二センチ赤に白筋

ほのかなひかり

しくじりてひとりで笑ふ癖がつきじぶんを許すけふもいくたび

当然に生きるつもりの明日があるゆゑに穏しくブラインド閉づ

不完全燃焼どころか不燃物われの一生《ひとよ》を分別すれば

ねぶた見に来よとさそひてくれし友その再発の身に冬はきぬ

雪雲の空を吹きゆきしひとすぢの風はみえこさんあなたでしたね

たまゆらをぱあつとあかるむ冬窓に赤青きらめくステンドグラス

なんといふ声のあかるさ妹の東京は大雪のニュースはしるに

手に熱き石焼き芋をふたつ買ふ見せてあなたのいつもの笑顔

泣くことをわすれしごとく過ごしきて城のさくらに会ふ旅へ発つ

かをかをと雪もよふ空低くゆくほのかなひかり白鳥のむれ

星月夜　（初出「短歌研究」平成二十六年二月号）

黄の壁の〈夜のカフェテラス〉佇ちし日に見ざりし青き星月夜恋ふ

ついと来て不意に仰向けパフォーマンスふさふさ茶猫　秋仕舞ふ庭

にじ、にじとよぎる登校の子らのこゑ虹の彼方の未来広かれ

ささくれが痛い「キズ絆貼ればいい」なにげなかりき母の即答

枸橘《からたち》の黄の零れ実の円ら実のマンモグラフにかの日見し影

生れし地に想ひ出ひとつ我に無し〈ふるさと〉斉唱つねに暗かり

降りそめて昏き霙の昏きまま深む夜陰を遁れむと急く

駅弁を買ひ損なひしすきばらも詩人なる目に白き山なみ

〈デスペア〉のをみなの姿態うばはれし魂のこゑ聴く美術館

荻原碌山

瘡蓋《かさぶた》がはがれ一泊二日なる旅の往還にひそむ暗喩の

霞む国原

師と友のせなか追ひつつ登りきて見はるかす海　霞む国原

少年の「シェーン、カムバック」あのやうにわれも呼びたし呼びもどしたし

波の音よみましし師の種差の海を啼きかふ海猫《ごめ》かもわれは

「国原」の巻頭かざりし評釈のなければページ繰りてさがせり

「国原」を創めし稲垣浩師のあゆみにまみゆ青森県近代文学館《ぶんがくくわん》に

去りゆける人ら賢くおもはれておのが愚直に気合ひを入るる

幹ほそきわれにも春の陽はさして根元の丸き雪消ひろがる

宙に舞ふほこりのやうにたゆたひて行くうたの道わがほそき道

わかれ

老師継ぎて歳月の澱すくふごと献身なしし稲垣道先生《みちせんせい》は

いさぎよき一生なりしと歌の師をともしみにつつ兆すかなしみ

道先生の食のほそかりこぞの夏ともにランチを食べし地下街

最後かもしれぬランチとおもひつつさよなら言はざり九人のだれも

「東京へゆきます来週」ただそれの一言なりし師とのわかれは

多摩川の土手の草生に手を振れる師の訃はひたに信じがたかり

お別れ会に師のまなざしの気配して白菊すこし掲げて礼す

松の舞扇をかざす目のすがし　えんぶりの輪につと顕つ先生

信じえぬ思ひを語り友とゐるランチの席に師も在すごと

春泥の道

悔いいくつかぞへかぞへて遣り過ごし赤鬼青鬼追ひて春立つ

荷となりて除雪車けふは積まれゆく雪消の道のふゆのアンカー

近づくを耳でスピード測りつつ身構へてゐる春泥の道

登校みち春の子どもは足速く追ひつくほどに競ひて駆ける

感傷の皮一枚は剝けるかと傷痕さらす春の温泉

温泉に傷のこる胸しづめつつまだ気にしてゐる他人の視線

根性のためさるる気のしつつ湯に沈みてゆるく溶けてゆくわれ

疑問符

同源か辞書には疑問符つきをれど「嫌う」は「切る」とわが疑はず

「朝食は和洋いずれにいたしましょう」ホテル予約に決断が要る

窓口の本人確認このわたしではだめですか紛れなくゐて

プリンター買ひかへタイヤ交換しわが身は交換なすがかなはず

後悔に〈ごんぎつね〉の目はさびしさう見つつ見ぬふり美術展の絵

歌の評ゆるく外れてモチーフの木天蓼《またたび》めぐり花咲く談義

歌会から解き放たれしかへりみち夕霧草を名に惹かれ買ふ

伐り終へし梢《うれ》にひろがる蒼穹の六十九たびをめぐる八月

末枯《すが》れたるマリーゴールドの種子を摘むめぐりあふ春うたがひもせず

「また冬か、寒さはいいが」声ひそめ大雪なげくストーブ屋さん

世界遺産

イギリスの世界遺産を訪ねんと十二時間のフライトに耐ふ

ひだり車線の高速道路のなつかしさ遠く旅ゆき祖国おもへり

休憩のカフェにくつろぎ味はひぬアフターヌーンティにスコーンを添へて

皮なめす生業なりしシェイクスピアの生家は庭に花咲き満ちて

湖水なす国からひよつこりついて来し青き上着の野うさぎピーター

刻まれし文字読めざるも太古なる文明の灯のはるかまぶしき

ストーンヘンジ

あこがれのコッツウォルズめぐりゆくハニーブラウンに光る街並み

温泉のイメージのなく旧き代のプールのごとき温泉遺跡《バース》

田打ち桜

平成二十七年

どのひとり見ても笑顔がかがやきてセンバツの春はじける球児

ゆさゆさと森をゆらして春疾風ふけば還りし御魂とおもふ

「咲きました」うれしさ伝ふ写メールの小窓に楚々と舞ふ初桜

しろじろと田打ち桜の花明かりことしもともる幾めぐりして

伝説の露けき崖のしたをゆくウォーキングの背に繊く降る雨

からたちの青き実ぷりつとかたさうで近寄りがたし眩しく見あぐ

天上の青と名を知るあさがほの露けく咲きて沁むるかなしみ

コピー機

くきやかに輝りつつのぼる満月に浄らな夜となりゆくこの世

新わらの菰まき冬のユニホーム松の並木の奥州街道

得意げなかあかあかあの字足らずのカラスの調べゆびにかぞふる

遠く来ていくつまがりし道すがら　もうすこし泣くまい夕あかね空

見知らねど笑みかはしあふいくたりも朝もやけぶる城跡の道

秋祭り八幡様の社殿前ちよこんと据ゑらる子どもの神輿

文化祭果ててさざめく子らのこゑ床にねそべる習字や絵やら

冬沼に「はじめまして」と首をふるまだらに白しわかき白鳥

うなづきてくれし気のして見直せばただひつそりと咲くシクラメン

不機嫌なコピー機なればかすれつつわが歌うつす消したきやうに

廃鉱の森　　青森県上北鉱山の跡をたずねて

黄葉して歳月《とき》の木漏れ日やはらかき森林鉄道もかよひたる道

賑はひし鉱山の跡いりゆけば時空はるけし森のしづけさ

選鉱所なほも毅然とおごそかに廃墟となりて立ち尽くす森

住宅の幾百棟もありしといふ廃屋の影ひとつなき森

インターンなししと言へる医師に会ふ鉱山病院そなはりし頃

小学生は六百人とぞ声ごゑの賑はひ聞こゆ森の底より

遥けくも鉱山に住み泣き笑ひ働き学び生きたり人ら

水を抱く廃鉱の山ゆ染みいづる永久《とは》なる水の中和処理つづく

六メートル積雪の山を今になほ分け入る人らのはたらきがある

戦争に戦後の復興にもちゐられ栄えし影の廃鉱の森

山峡を縫ひてひた行く「みちのく道路」朝霧のぼる峰のしづけし

鬼の呼びかた

身の内に癌といふ名の鬼が棲む「一匹ですか」鬼の呼びかた

前の人その前の人その横も襟めくれをり朝の病院

退屈な耳が聞きをりどなたかのハイと答へて話す口癖

シャワーより風呂に入れと指導さる相すみませんこんなことまで

生れ月生れ日言はされ本人と確認されて注射うたるる

説明に「家族つれ来よ」と手術前われには辛かり　かの五年まへ

だれにでも家族はあると決めてゐる孤独死のニュースある世のなかに

リスク説き手術の危険を承知させ同意書もとむる追ひ打ちのごと

イヤリング

着実に日ごと伸び行くあさがほの蔓に恥ぢ入るゆるきわが日々

退きし身に声のかかりて出づる日は赤きイヤリング選りてかざりぬ

いつの間に若き人ではなくなりしほつれ髪スタイル疎めるわれは

風でなき機械の風の吹く窓においらん草のしろく咲く夏

「ありがとう」押し花一枚はさまれて貸しし歌集がにこにこ返る

窓にさす乏しき冬の陽をあつめ首ふる手ふる熊さん人形

八甲田東麓の町

小中の休校告ぐる防災無線放送《はうそう》のながるる空に吹く春疾風

馬産地に栄えし旧き代を超えて春の日差しの牧場しづけし

牧の野に年ごと増ゆる大反魂草《はんごんさう》のひかる黄の帯とほく曳きゆく

八甲田東麓の町に住みつきて戦後ははるか遠き峰みね

魚屋のテントが市日に来ずなりて軽口かはすをぢさん見えず

道順を尋ねられたるただそれのうれしさわれも町に馴染みて

まける日に買ひたる眼鏡二割引おせわになりますいまだしばらく

「野辺地」から赤き一両のレールバス乗り継ぎ夏の帰省したりき

廃線のレールバスの日よみがへりわが町テレビに映るたのしさ

葉桜となりしあとにはつつじ咲き八幡岳の裾野へつづく

夕霧の白竜となり巻きのぼる山峡ふかき「みちのく道路」

ふうはりと雲のスカーフなびかせて気高きまでに白き高田大岳《おほだけ》

冬のたんぽぽ

風とらへふはり揚がりてすうと降る海猫《ごめ》に添ひゆく独りドライブ

「種差」と案内板に著けくもわれをいざなふ白き矢印

岬みちよぎりて淀の松原辺「おう」と師の呼ぶまぼろしのこゑ

種差の海の案内センターに尋ねて歌碑の丘をたどりぬ

波の音いまもじいつと耳澄ます師のまなざしの種差の海

「八戸へやっときました先生」とこゑの出でたりおもはず知らず

歌碑たちし昭和四十八年はわがいとけなき入門の年

碑の建立こころざしたる人びとの刻まれし名を声だして読む

松ぼくり零るる歌碑の丘原にふたつみつ拾ひ老師とあそぶ

歌碑の辺に胸のともしび手向くわが想ひに咲ける冬のたんぽぽ

写真の世界

写りたる光と色と風と空　友の感性するどく冴えて

がつしりと巌をいだく太き根の接写にひかる青苔の色

枝えだのあはひに透けるおほぞらのアングルにつと空を見あぐる

万の芽の萌えいづるとき一瞬のシャッターチャンスみづみづしくも

陽に映ゆる紅葉の森しづかなる樹木のはなやぎレンズは捉ふ

耐ふるといふシンボルならむ風と雪かすむ原野と大樹の写真

カメラアイ短歌の視線とにかよひてはらからのごとアートの世界

三たび戻れり

節操もなくぶれまくるわが決意あこがれやまぬ旧かなづかひ

あこがれて旧かなづかひに歌詠めば飛べる気のせり和歌の世界へ

旧き代の美《は》しき言の葉かなづかひ倣ひて詠みたし深きまごころ

不慣れなる旧かなづかひに詠ふとき脳のとびらの軋む音せり

意の浅く旧かなづかひのまちがひのありて恥かきし準賞のうた

ゆかしくも赤き点小さく打たれあり返りきたれる仮名のまちがひ

間違へて恥をかきつつ懲りもせぬ旧かなづかひ恋かもしれず

旧仮名に書かれし歌を詠ずれば音の響きに新旧はなく

歴史的仮名遣ひとぞつまづきてまろびて遍歴三たび戻れり

スタバの庭の

歌ふひと踊りだすひと手拍子もこころ放ちて祝ふ新年

素裸のふゆのからたち青春のガッツを放つ棘あらあらと

すれちがふ襟に光れるピンクリボン淡くまぎるるゆふぐれの街

「咲きました」ことしも届く春だより曳家の城のほのかな桜

はればれと桜を見たし来る春を画像の説明いのりつつ聴く

酢漿草の文字の難さよかなしくも小さく光るかたばみの花

二拍子のピアノのリズムに弾ませてこころもほぐす朝の体操

光る翅やすめ聞きゐる赤とんぼスタバの庭の尽きぬ語らひ

ひとすぢに母恋ふ家路走りたりトンネル四たび潜りて暮れて

末枯れつつまだ咲いてゐる紫陽花にともる冬陽の淡き温もり

花ばなの

だれもみな　一途な瞳かがやきてフラッシュバックの青春の顔

だれだつた　昼の学食にヨーグルトパンの旨しとをしへくれたは

だれだつた　雪のゆふべをかたくなな胸にかくした稚わかき闇

だれだつた　大学やめると言ひはりて立ち尽くしてゐた背の高き影

だれとだれ　ゼミのゆふぐれ夕まぐれ談じあひたる蒼き炎ら

どのクラス　歌ひ通した温泉のひと夜　引率《わたし》は謝りにいつた

だれもみな　卒業式の振袖を脱いで巣立つた　風の廊下を

だれもみな　顔が見えないもう遠く　ただ花ばなの微笑む気配

街歩き

やはらかな桜もみぢの街歩き定年までを住みし弘前

社会へとスタートダッシュなしたりし大学病院そとからながむ

あつたはず本町角の自転車屋ラーメン食堂さら地となりて

ガイドさん寺沢川の増水は覚えてゐますよあの夜の雨

夢いだきひたすら通ひし道すぢに五重塔をあふぎみて立つ

丈高き十一面観音見おろせる眼光するどし見あぐるわれら

いつぷくの茶をいただきし煎餅屋　新寺町の通りの端の

一番町こがね焼買ふわが後に連れの友らもみな五つづつ

川明かり

きこえない耳で語らふちぐはぐも許されさうな冬の青空

陽のなかに屋根の雪庇のひとかけら音もなく落つ春をきざして

北へ発つミーティングでもしてゐるか間木の堤に群れる白鳥

大通りの出店に買へりブロッコリー詩人のつもりが主婦の顔して

弟の姉かと問へる人のあり歳月《とき》はほのかに川明かりして

皺む手をかなしまないで生きようと紅葉のなかにまぎれて歩く

かそけくも踏みゆく落ち葉の立つる音もののけめきて静寂《しじま》にさやぐ

産む性の象徴《しるし》ほの見ゆ玻璃ごしに小さき土偶の祈りのかたち

積丹の海

ゆくりなく映像に見し積丹の海にさがせり亡き人の影

ああわれも見たり為ししと共感し読みゆく歌集にあなたは生きて

津軽から北の海辺へ嫁しゆきて漁業の苦楽を生きて詠ひき

大漁の喜びの歌も廃業のかなしみもあるながき歳月

ひとたびもまみゆるなきもわが朝の夢に顕ちきぬあこがれしひと

「老いたりと言わず生きたし」と歌に詠みまこと生きたり凜たるひとは

いつのまにわが生きてゆく道標となれる気のせり積丹の海

段ボール箱

長き間を積み置きたりし弟の段ボール箱あけてみる秋

母あての宛名そのまま貼られゐて二箱しろくほこりにまみる

おとうとの読みたる本の箱ゆ出づる山岡荘八、司馬遼太郎
求めたる日付、書店名こまやかにメモされてあり裏の表紙に
記されし書店の場所をたどりゆくおとうとの住みし東京の地図
古本の交換市へ出ださんと今一度おとうとに問ひかけてみる

弟の署名を墨で消しながら弟を消すごと湧きくるなみだ

沙羅の花

沙羅の花ほろほろほろほろと散りやまずまるで溢れるなみだのやうに

十分に咲いたのだらうか沙羅の花みち辺とほれば想ふおとうと

抱きしめてあげればよかつた夏中を眠りつづけて逝きし弟

何かしてあげた想ひ出ひとつなく姉でありしかおとうとの姉

ひとつだけ不平を言ふよ　母さんを泣かせた君は大不孝者

おとうとの無言の胸をききたくて梢《うれ》を見あぐる果たての空を

魔法使ひ

幽閉のごとく吹雪に閉ぢこもり窓にながむるふつかが過ぎぬ

吹雪やみ庭にいくすぢのこりゐる風の荒びてとほりたる道

除雪車の音をききをり夜明け前までのあかるむ時をはかりて

防寒着よろひのごとく身に着けて鬼の形相にいづる雪掻き

出でみれば雪かかれあり庭の辺の平らかなりて魔法のごとし

しづかなる魔法使ひは従妹とて見当のつき空のあかるむ

ふるさとの〈今日の天気〉は雪だるま点々模様が斜めに降りて

除雪車の音きかぬ日はほつとして夜明けの空に捧ぐる合掌

セーターの謎めく胸の凹凸は女といへず男ではなく
　　女といへず男ではなく

みとせ過ぎ五年七年こともなく八たびの春を咲く紫木蓮

避けをりし温泉《ゆ》に入りたしと衝動の生れり卯月雪ふるゆふべ

さりげなき視線の針を予想して入りゆく湯殿の空気のどけし

「ああこれが八年目ということなのか」ひそかに合点し浸る温泉

人の目と思ひこみたる恐怖心おのれの目であり弱さでありて

ほんたうの強さといふか八年といふ歳月のわざをおそるる

満開のさくらにまぎれ風となる謎めくままのセーターの胸

女でも男でもいいそんな気のしてくる自分になれたのだから

夕凪の海

雪かぶるイチヰに飛び来て葉隠れにちろちろ見ゆる寒すずめ二羽

病みこもる友よその目にみえますかきさらぎの空にきざしくる春

冴え冴えと芝桜さく道をきぬはるかな空へ人をおくりて

まへうしろシニアのマークひからせて桜の風になりきり走る

雨しぶく窓ぬぐひつつ急ぎゆく峠のみちの若葉あかるし

ハンドルの向かうに光る凪の海じぶんに折り合ひつけてゆく道

たそがれの見知らぬ街をゆくやうな〈免許返納〉ゆきまどふ道

いちめんに露置きひかる草の道ウォーキングまたはじめゆく秋

星影とまぎるる明かり点滅し夜間飛行の遠ひびきゆく

けふもまた詮なき問ひを捨てにくる光おだしき夕凪の海

閉ぢゆく御代に

玻璃窓につきたるほこりが暴かるるごとくに目立つ雪ばれの朝

「気をつけて」みな口ぐちに言ひくるる雪降る道のわが運転に

返納しもういい加減やめよといふ愛車のこゝろきくこの日この頃

雪の道あやぶみながら訪ひくるる八十路の友のピンクのブーツ

冬を掃く箒のやうにおほぞらを春一番が吹きすさびゆく

春の野をさまよふごとくめぐりゆくスーパー店の陳列かはりて

やませ風さはさは吹きて早苗田に祈りのごとく霧のながるる

悠々とカラスがみまはる駐車場あつさの記録に人出とだえて

食べながらなにか話がありさうな友と向きをり新蕎麦の秋

はつとしてカーテンの紐に目をこらす地震の揺れに過敏となりて

この秋は山のきのこが豊作とうれしげに言ふ会ふ人らみな

あかつきの大地ほのかにしらみつつ初雪降れり閉ぢゆく御代の
生きてゆく長さ

衰へて宇宙遊泳するごとしウォーキング怠け休みたる足

ウォーキングまたはじめたるこの秋の桜の樹下ほのかに香る

血流のかすかに速くなる感じただの二千歩ほどをあゆみて

騎士ふうに胸に手をあて会釈して追ひ越しゆけり異国の青年

ふるさとは〈オータムフェスタ〉文化祭ひとそれぞれにいのちを燃やす

生きてゆく長さは誰にも知らされず球根植うる春のチューリップ

空のまほらの

都会《まち》に住みひとり老いゆくいもうとのこのごろ鳴らず田舎の電話

音信のなきいもうとへ送る荷に好物のイカの塩辛入るる

呼び水になればと向けし春だより一歩前へとひそかに祈る

いもうとの返事の声のほがらかに先に言はるる「お元気ですか」

気抜けしてことば出でこず（これでいい、これでいいんだ）やすらぐ姉は

春が来て空のまほらのおとうとへそつと告げやる妻の息災

ルピナスの花

九年の歳月の間を主治の医師いくたり替はる転勤に去り

主治の医師替はれど変はらぬこのからだ睨みつづける再発転移

紹介状たづさへてゆく隣町あらたな主治の医師をもとめて

初に会ふ医師のもの言ひやはらかくすでに安堵す診察の椅子

無事のうちに三泊四日の検査終へ 結果の宣告ただに待ちたり

ルピナスの花咲きそろふ初夏をめでたくも出づ結果は〈良性〉

同級生

母に手を引かれて登る城跡の小学校の坂の長かり

九州ゆ転校生の発音のめづらしがられまづシャシシュシェショ

はじめての冬を迎ふる子のためにゴム長靴の〈配給〉ありき

昭和二十四年

あの日から同級生となりたりし少年少女のままの八十歳《はちじふ》

幼くも確かにのこる記憶あり引き揚げの語はなほも息づく

いとけなき七歳五歳の小さき手を離さず引き揚げなしくれし母

城跡の町にすみつき生きて来し歳月すでに母弟はなく

ながれくる防災無線の〈遠き山に〉ドヴォルザークで夕暮るる町

八十歳となりたる同級生たちの笑み声ひびく新幹線の駅
七戸十和田駅

上京は夜行列車と決まりゐし〈金の卵〉の世代われらは

風のキャンバス

五百歩が目標といふ友とまたゆきたし陽光《はる》のあのカフェテラス

少しだけやさしいわたしになるやうな雪搔きながらみる明けの星

雪の道るすばん電話の再生に「気をつけて来て」と友のこゑ聴く

フェルメールの〈少女〉にじつとみつめらる母へたうとう言へざりし闇

「鏡さんいちばん美しいのは誰」言ひてみたかり　夢見る頃に

題詠「美」

いくにちを入院にすぎ帰りきぬマーガレットの花咲く庭へ

起きぬけに飲む一杯の水旨しからだのなかにもある細き川

題詠「水」

薄れゆくあなたの微笑み描くやうに空を吹きゆく風のキャンバス

二度目よとほほゑむ友についてゆく展覧会への道ほがらかに

ささやかなぬくもり欲りて手のひらに生命と書きいのちと読む　秋

四、五人で小さく群れて下校する子らに付き添ふゆふぐれの雪

杉林

ふるさとの道のかたへのバス停に〈銀南木《いちやうのき》〉の名ひつそりとあり

〈銀南木〉謂れを問へば語る人いくたりもあり故郷の地名

黄金なす葉むら雄々しく振りかざし振りおろし舞ふ銀杏の大樹

葉の落ちし千のはだか枝まつすぐに空へひろぐる安息のとき

時折りに会ひたくなればはろばろと風になりゆく牧場を抜けて

ばうばうと夢中のうちに歩みきてふりむく春に咲く山ざくら

呼ばれたる気のして見やる春の庭クロッカスわつと咲きてあかるし

はつ夏の八甲田嶺にいくすぢの残雪見えて風わたりくる

からからと氷のかけらが歌ひだす点検待つ間のアイスコーヒー

小声にて「おはようございます」と言ひくれて行き交ふ男の子初秋の風に

ふるさとはもうすぐ雪の舞ふ秋の澄んだ光をまとふ黄の蝶

星の名も小鳥よぶ名も知らぬわれ「いいのだよ」とふ空のしづけし

雪の降る森にいのちを潜めゐむ鳥けもの等のつよさを想ふ

母と子とこの地に住みし歳月を超えてしづけし杉林の四季

第二章　外の世界へ

全国、地域の短歌大会、短歌総合誌、新聞歌壇等の入選作品　平成二十一年――令和二年

小見出しは題詠の題　＊は雑詠

＊

検査するゆばりやうやく採れしとき母はにつこり愛しく笑みぬ

＊

清明とふ甘き林檎を市に買ふ訛る講釈ぬくみつつ聞き

＊

「ありがとう」いつもだれにも言ひくれて母は逝きたり世話を労ひ

＊

壁面に虹色の点踊り出す切子ガラスに光は透きて

＊

価値のなきもののたとへと辞書にみる「瓦礫」に宿る魂の価値

＊

転落は即骨折ぞ〈注意、注意〉ひとりごちつつ脚立にのぼる

＊

蕺草《どくだみ》の白き十字の苞開き垣根の際の翳りて明し

＊

烏瓜いまだ黄色き実のひとつ手に手に巡り場の盛り上がる

（三首）

＊

母の手に摑まる弟の小さき手にわれも縋りて逃れ来たりぬ

五歳なる背に遺骨負ひ難民の群れに連なりおとうと歩めり

弟は母の死を知らぬそれのみがしあはせなりき　さびし一生の

＊

裏家に朝日耀ふ何気無き景色の恵み拾ひて足らふ

*
おはやうと思ひがけなき声を聞く雪の子らしき小学生の

*
早春の色なき庭にちらほらと恥ぢらひて咲くきくざきいちげ

*
ハリハリと自らレタス噛む音をあらためて聞く朝の静寂に

*
杉林の中か際かと問はれたり木天蓼《またたび》の白き葉を詠みし歌

*

とめどなく孫いとほしむ友に触れ不孝を悔やむ母に孫なく

*

（二首）

農に生き子を十二人生み育て写真一枚なかりし祖父母

いくたりも子を失ひし祖父母なれど思ひは語らず生きたりひたに

*

コンクリートミキサー車の影踏みてゆく国道四号線《よんがうせん》を陽に真向かひて

雪ゆるむ道をざぶざぶ勇み立ちひとつの成果送らむと急く

*

乗り継ぎの駅のポストに投げ入れぬひとつの承諾きめし昂ぶり

*

ほんたうはわれが赤鬼だつたことお負けの紙のお面が笑ふ

*

海の道うねりつつ遠きチリゆ寄す津波の予報夜をこめて聞く

*

（二首）

＊

花見むと幾年ぶりにくぐりたる追手門高しはつかなる闇

雪残る尾根なだらかに岩木山さくら咲き満つその裾模様

＊

わが描きし雪の牧場につと佇ちて馬ら寒からむ五十年の間

＊

ひそやかに零れし青き星ぼしの山あぢさゐの花にきて咲く

＊

〝やいや　ハア〟郷土《くに》の力士が寄り切られ思はず出たりわがくにことば

＊

災ひの原子の火種消えぬままわが海べりも葛藤つづく

＊

やうやくに決断し終へあふぐ空　夕陽の微笑きんいろの雲

秋麗

秋うららコスモス揺れてひと夏の私は何を残しただらう

万歳の身ぶりに語る立佞武多老いづく妹の夫なく久し

＊

ひっつめ髪の母に抱かるる赤子われ妙にかしこげ何も知らぬに

＊

赤き身の鮭吊るさるる由一の絵わが若き日に読めざりし翳

＊

福

けふも載る身元やうやく判明の福島の人　三年を泣きて

＊

アララギの梢を剪りて広らかに六十九たびの葉月のみ空

遊

白百合の咲き競ふ庭吹きわたる宙《そら》の遊子のたまゆらの風

オノマトペをつかう

何万回見たる朝日が輝きてすうつと昇る今朝もすうつと

＊

訛りごと生干し鰊くるまれて笑みから笑みへ渡る市の日

*

写メールに万歳をする寝すがたの猫は萌とふいはくつきの名

空

もうずつと下駄を履かなくなつたからカランコロンと響かない空

*

昏睡の子に呟きの洩れぬかと祈る面輪に頰寄する母

*

雪積もるましろき朝を日は昇り生まれ日そつと祝はれてゐる

片笑みの今にもべそをかきさうな弟が写る十和田湖の秋
和

折れ曲がつたままで見てゐるコスモスの空を遥かに行く白い雲
空

＊

からたちのつぶら実ほどの画像見き翳りて白く影なす癌の

＊

ＯＮ押してひらけば律義に待つてゐる用済み画面「戻る」で替へる
（四首）

右隅にひつそりとゐて「削除」キイ消しゆく言葉の無念さを呑む

頁繰る思はせぶりもいいけれど「変換」キイの無愛想が好き

「矢印」でエスカレーター降りてゆく辿りつきたい言葉はまだか

*

小さくてとても空まで届かない花の黄の色ひかる酢漿草《かたばみ》

よろこびの鰤の大漁詠みし歌はたひそやかに廃業の歌

＊

駐車場に突つき合ふ二羽仲裁もゐてにんげんくさいカラスの喧嘩

＊

稚なかる記憶に一点灯りゐて確かに見ゆる父母と満州

＊

（三首）

＊

左手に原爆ドームを見つつ過ぎ急ぐ岸辺のはつかな痛み

友がつと向きを変へたるその先に慰霊の碑あり暑き道すぢ

二十二階旅宿の窓ゆ罪深く俯瞰《みおろ》す元安川の豊かさ

＊

じつと目を向けくる幼なのやはらかきこころの奥へ視線を返す

＊

癌の位置あをくマークを付けられて胸苦しさに真夜を目覚めつ

＊

ごみを出し家まで戻る清しさに落書きしたい灰色の空

＊

除雪車の回旋灯の黄の光　無断進入禁止を入り来

＊

万歳のすがたに眠る猫羨し生きるといふこと難しくせず

＊

子どもらがすでによろこび駆け回る落成なりし児童センター

＊

焦ることもはやなんにもない春のただ中を咲く桜さやぎて

＊

パッケージの謳ひ文句を決め手とし籠に入れてる自分を見てる

＊

母

忘れ物手に振りかざし走りくる今もわが目に懸命な母

＊

美術館のボランティアへと出る朝を青葉に染まり変身しゆく

草

ことし初の干し草の束積まれゆく牧場のみどりと風たくはへて

＊

大空に向きて夢みる枸橘《からたち》の青きつぶら実稚く眩しく

＊

てんでんに空向く蒼き枸橘のつぶら実だつて青春だから

秋

五年目の乳がん検査クリアして独り哭きたし秋の月の夜

＊

ひとひらの雲後れつつのどやかにゆくマイペースひとすぢの道

＊

子も孫もわれに縁なく老いてゆく生き方なればひきうける明日

＊

水を抱く廃鉱の山ゆ染み出づる永久《とは》なる水の中和処理つづく

祭

ピーヒャラと祭の笛が降りてくる遠い記憶の星の空から

迷い

すつきりと眉ひきうすく口紅もさしてひとすぢ迷ひ断ちたり

月

ときどきは泣くのもいいよ満月の兎の影がゆらりと抱いた

*

オンライン老いがはじめてボタン押し独りで買つたあ列十番

夜

テロの惨みてきたただらう夜の空を翳りつつゆく沈黙の雲

（二首）

＊

ＣＴで検べた限りと医師の声　喉に閊《つか》ふる「異常なし」なり

五年まで生存率がかまびすし六年十年だれも触れない

（二首）

＊

初雪になるのだらうか明日あたり椀洗ふこの胸の寒さは

ああすればよかつたいいえしなければよかつたのです　ココナツオイル

＊

めがね屋さん眼科の先生この世界見極める目をお守りください

＊

海のはて山のかなたを昇る陽の仄かな希望　新しき朝

＊

寂しさをさらけ出すのはもうこれで仕舞ひにしよう裸は寒い

＊

この秋は敏くなりたり癌の文字　疑ひひとつ抱く身となりて

＊

傘忘れ気づかず過ぎしいく日のあののどやかさ平和とはこれ

＊

確率の外へはみ出す六年目「生存」などと呼ばれし五年

笑み

鏡にも映ることなき頬笑みが胸にみなぎる　手もて縫ふとき

＊

用もなく吾を呼びにき臥せる母ベッドの孤独十年を生きて

＊

着てみれば時代後れの革コート想ひ出たちに足留めされて

＊

農機具のフェア会場どこですか　春の来た道　信号右へ

＊

10Bがあるを知りたり鉛筆のやはらかさうな短歌のなかに

＊

百歳《ひやく》までも生きむと夢をみたる母青葉の風にそつと押されて

＊

あこがれの誰彼ありて髪のばし切りては伸ばしけふは切りたり

＊

言へぬことありたる母か用もなく呼べると思ひきいつもいくたびも

＊

はつ夏の光を沓く曳きてゆく牧の草生の天のかがやき

＊

再生しいくたびも聞く「異常なし」胸の奥処に録《しる》したるこゑ

星

にんじんの皮剝くさへも祈りこめ星になりたり初女さん　つと

＊

（二首）

かたくなな胸をはかりて真向かひき雪のゆふべのわかわかき闇

自《し》を仕舞ふ幾歳月を泣き笑ひ怒りてなしし講義のノート

＊

ヒルガホの伸びゆく蔓のたくましさ術後七年などは甘しと

光

朝五時の光の精はそつと来てわたしをけふの一日が待つ

走る

走り穂のニュース流るる日にも吹く山背の夏を賢治がよぎる

天

少しづつ天へお返しする能力《ちから》はたらく手足あそぶ目や耳

坂

たたかひの記憶の坂をヤーヤドウのぼる火扇赫あかき翳

指

七つ星指にかぞふる祖父のこゑ聴こえてますか天の戦友《とも》びと

＊

「点灯せよ」霧の山峡トンネルを四たび潜りて黄昏るる家路《みち》

＊

望楼の載る二階家の和洋式むかしの大工の苦心と夢と

＊

タイマーがジジッと残りの時を告ぐ余命にあらぬ豆煮ゆる間の

*
喜寿すぎてそれでも変はりたいわたし初雪の道走らす愛車

*
ふるさとに三十キロ圏ゑがきみる口にだせない無念おもひて

*
鳴る前に光る電話機なにとなく朗報のやうで少しときめく

*
ほんの少し嬉しさ貰ひ九分がたの挫折もち帰る短歌大会

＊

平穏をよそほひて聞く説明の先にあるかもしれぬ癌の魔

声

傷跡の歌ふ小さな声音して両のかひなに抱きしむる胸

＊

（二首）

雪の降る音なき音をきく胸に防災無線のうたふ〈ふるさと〉

〈ふるさと〉の斉唱いつもぱくぱくと口でうたひきふる里なき子

＊（二首）

耳穴にオブジェのやうにそなはりて調べうるはしく鳴るよ補聴器

音のなき雪降る気配もきく胸にサイレンがはりの〈ゆふやけこやけ〉

チョコレート

二十分断水しますと告げに来た若者はチョコ貰ふだらうか

青

うなだれて歩くは止さうつんつんと立つムスカリの青き花むら

＊

潔く決めたき吾れと悩む吾れ心乱るる〈免許返納〉

＊

なべ蓋の寸法のメモたづさへて出づる雪晴れいくにちぶりの

＊

（四首）

机《き》の上の視野に入りくる小さき蜘蛛スタンドの灯にはたりと止まる

机の端を先へ進めず節の足しきりに揉む蜘蛛どこか似てゐる

どうしたの呼べばふりむく蜘蛛のかほ口の動きに困つたと言ふ

時すぎてさがす人生のわすれもの机の上にも下にもゐない

＊

家前をいつもは通る黄帽子にこの春会へずはや新学期

＊　（二首）

いつの日も私を素直にしてくれる太く繰り出すペン書きの文字

遠き日を覚えてますか弟よ五歳の足の踏み越えし道

＊　（四首）

一文字の傷痕淡くなりそめて胸に流るる低きハミング

手を当てて震ふマグマをなだめ遣る叫ぶことなく生き来し胸の

年齢をきかれ即座に応へたる胸にすうつと吹きそむる風

あの空へ届くだらうか胸の悔い詫びたくて書く母への手紙

海

はつ夏の光を宿し若草の波膨らかな牧の海原

＊

空耳でありても母の呼ぶ声を聴きたし青葉あかるき朝は

地

空翔けてにんげんの罪怒るごと地を打ちつくる雨の足おと

＊

まだ夢を見てゐるのかいタンポポの大合唱にさやぐ春の野

＊

水飲んでゐますか医師のこゑ洩れて順番を待つ椅子の閑けさ

＊

鮮やかに思ひ出すもの無きやうなさびしき首をぎしぎし回す

＊

いくとせも甕に遺れる梅干しの酸ゆさよ母の気性とともに

＊（二首）

朝六時防災無線に目覚めゆく〈恋は水色〉ながるるままに

狭くとも花植うる庭がわれにあり老人クラブなどには行かぬ

＊

十二人はらからの父あの世にて楽しかるらむ勢ぞろひして

＊（三首）

春めぐり七十二たびの忌の日をたうとう独りで来ました父よ

やどり木の向かうに透ける空白しあなたのまなざしさへも霞みて

父三十六母九十七つりあはぬ享年きざむ石の墓標は

本

うす紅の秋海棠に本心をそつと隠せり午後のかたかげ

*

ふる里を恋ふるこころは目ざとくて積み荷の箱の産地名追ふ

木

剪定の手にはねかへる木の芯の堅さよ遠きとほき哀しみ

＊

鳥は鳥の花には花の時間ありしづかな雨の朝があかるい

＊

さやうなら白鳥かほかほゆく空へ飛び立ちさうに地を蹴る子らよ

＊　　（二首）

一泊の検査入院につながれて昏れなづむ空ひさびさに見る

あざやかな秋海棠のきみどりがなにかあつたのですかとぞ問ふ

＊

こつくりとうなづく外は言へぬ児の溜めてゐるらむ未来の言葉

＊

大根の双葉きれいに揃ひをり独り住む人の庭畑の畝

歩

「歩」の駒のやうにこつこつ行くほかはなきを悟れりいまだ行く道

間

草原のシロツメクサと子猫らと岩合さんのほど良き間合ひ

＊

歳月はやさしさに満ち片胸の赤きケロイドも淡くなりたり

＊

遠くゆけばをさまる心地に牧の果て大反魂草《はんごんさう》の黄の道を来ぬ

＊

縄文の空にあらざる飛行機の音きく土偶のまなこの丸し

＊

雪の降る気配しづかにまとふ夜は積もる話をしようよ影よ

＊

臥しつつも「誕生日だね」と祝ぎくれきはるけくわれを産みくれし母

＊

病院で「おう」と呼ばれて思はずに「おう」と応ふる男ともだち

＊

逝きたりし友もいくたりひつそりと来てゐるだらう賑はふ卓に

＊

病む友を不幸とひそかにあはれめるわれを責めたて暗き雪降る

＊

ふうはりと浮雲のやうな歌うたふあなたの居ないパイプ椅子ひとつ

＊

さう言へば夕空はゆつくり昏れてゆくものと気づけり検査入院

＊

鬼やらひのさざめきを聞く夕まぐれ　み社近きもりをかの街

（二首）

＊

生存の確率あれは嫌ですね赤信号にいつ変はるかと

いつまでのいのちかなんて訊かれても困るでせうね金色の月

（二首）

＊

校門へ入りゆく車列ああさうか登校の子らが送られてくる

ほんたうに登校したのか顔のない子どもとしづかな学校の窓

（五首）

＊

八年目ですねと医師の言ふ声にハアと応ふる外なくハアと

八度目の春はうらうらかくれんぼかくれたつもりの鬼の子さがす

再発か転移か無事かいちもんめあの子がほしいと指されるやうな

堪へつつ裕子さんの再発語る目へしのび寄りゆくカメラアングル

姫こぶし咲いてほうつと灯る道どこで失くした片乳やーい

＊

釦かける仕草のやうに何気なく生きてゆきたし夢のつづきを

＊

本人と証明できるは免許証ドライブのためだけではなくて

＊

感傷のちらつくままに買ひ換ふる五台目最後と思ふたしかさ

（二首）

まへうしろシニアのマーク光らせて〈買ひ物弱者〉の言葉かみしむ

＊（四首）

夏の峰かすかに残る雪も見えひいやり気持ちの好い朝の風

声よりも身ぶりの会釈が効果的　朝の散歩の無言と無言

犬の糞掃きつつ人が口説きだすわれが今朝会ふはじめのひとり

がらがらと台車を曳きて罪深く静寂《しじま》を破る朝のごみ出し

＊

風の昨夜《よべ》ざわめきゐたる庭木々のけさは禅僧のごとく佇む

＊

名を知らぬ小鳥の声に啼き返す名もなきわたしが鳥の声して

川

流れつき母と姉弟《われら》が出直して生きたりし町　川の向かうの

野

野のはてに乳房のやうな稜線をみせて静かなふるさとの岳

＊

ひるがほの野望ひそむる蔓のびて夏の草生に淡き花咲く

緑

良く生きてゐるかいコスモス揺らしゆく風のこゑ聴く記憶の緑野

熱

まだ少しある筈なのですわたしにも熱情といふ生真面目なもの

＊

（五首）

山鳩のこゑが止みたり曇り空けふはしづかに手紙を書かう

雨止まず昨夜のはずの送り火を一日おくれて焚くこの夕べ

気がつけば泣き笑ふこゑ止みてをり家族も猫も姿を消して

うろうろと行つたり来たりしたやうな止まぬ寂しさ昼の寝覚めの

温情のやうに小窓を閉めのこす雨降り止まぬ夏のゆふぐれ

消

消しゴムで字を消すやうに七年の時が消しゆく傷痕の色

開

老いの身に開く未来があるのだと諭してくれる夕凪の海

里

〈返納〉をしらずひたすら信じゐき千里も万里も走る未来を

道

病院の帰りにあそぶ道草の姫女菀咲く白い原つぱ

＊

私にも覚えがあります悔い深くしよんぼりかなしい絵のごんぎつね

湖

湖《うみ》の面《も》に夜明けの空の映るころ蒼く透きくるみなそこの翳

傘

八十は傘の略字と故を知り間なく迎ふる惑ひうすらぐ

＊

嘘と夢どこか似てゐて八十の胸にも潜み時折うごく

＊

花びらに重量のある真実を知りたり足腰重きこの頃

＊

ななとせの封印を解きふたたびを通ひはじめし好きな温泉

（二首）

さつと目を逸らしてくるるやさしさもあると気づけり片乳の胸

＊

ウォーキングまた始めゆく晩秋の露のきらめく野道五千歩

末枯れゆく狗尾草《ゑのころぐさ》の穂のやうにやさしく揺れて生きたし老いを

＊

（二首）

ゆくりなくテレビに映る積丹の海べにさがすあなたの姿

電線に来て山鳩が啼きやまず何を思ひ出だせといふか

*

つつ、つつつと冬窓を這ふ小さき蜘蛛われに乏しき何か問はるる

*

ふるさとは〈死にたい場所〉と抑留の人かなしくも語る記事見ぬ

*

ハハハハと人はわらへり語りつつその哀しみの極まりしとき

*

（三首）

「お変わりはありませんか」と常套句言はれて寂し遠きハレルヤ

「お変わりは」何か書きつつ訊く人の魔法のやうな耳と目と手と

思ひだしてほしくないのと籠る友「お変わりは」までつぶやきてみる

＊

はじめから順に読みゆく死亡欄　年齢順でなき無作為を

＊

（五首）

だしぬけに「いつやったの」と暗号のやうな声きく湯気にまぎれて

「七年目」湯に沈みつつ暗号に応ふるわれの半信半疑

湯気のなか「オラ十七年」胸を張る見知らぬ人の同じ傷痕

「ハア」としか言へず一瞬忘れたり永きをりふし囚はれし傷

「ありがとう」荒療治もて傷痕もこころの傷も癒やされし春

（二首）

＊

体操の脚は上がらず腕伸びず真似だけしてゐる朝六時半

＊

カレンダーにつけたる赤き丸印予定があるにはありて安けし

＊

田をやめし家のしづけさ見慣れたる早苗積みゆくトラクター見えず

＊

さまよひて迷子になりたしユトリロのものぐるほしく翳白き街

種

白き花咲くを夢みるひと切れのレモンのなかのひと粒の種子

＊

九年目の春にまた会ふ「八年目ですね」と去年言ひくれし医師

＊

延命措置のぞみますかと記入欄死ぬつもりなき平らな胸に

＊

（二首）

キャリーケース引き擦りてゆく入院の朝を降る雨付き添ふごとく

ひつそりとエレベーターに昇りゆくしだいに隠者の貌となりつつ

＊

茄子キウリいく通りもの惣菜に変身させるレシピ古くも

＊

雪の夜のひそやかなりし犬の死にその瞬間の力をおもふ

音

泣かねんだ訛りやさしく言ひくれし声音は杳くもう空の果て

駅

もうずつと帰つてゐないふるさとの駅の外れのコスモスの花

*

「自分にもうんざりする」とつぶやけば可哀想ですわたしの自分

*

ひとりだけ群れに遅るる男《を》の子ありわざと遅るるやうにも見えて

*

折り合ひをつけたつもりが容赦ない目をしてじつとわれをみる猫

＊

ぐいつと何か摑んだことがあつたかと自問自答す歳月の秋

＊

新聞を買ひに下りゆく院内のコンビニは街われは旅びと

＊

なみだではないんだ何故か目に沁みる夜の図書館あかるい窓は

＊

坂道を朝ごと登りくる子らの歩みのどけし　あと少しだよ

チュウシャケンオトリクダサイ朝まだき人影のなく音声ひとつ

＊

投函し着くと信じてたしかめるポストの底のたまゆらの音

＊

キッチンはそぐはず厨なほ合はず窓に雪降るわが台所

＊

枕

枕投げ修学旅行の思ひ出の昭和二十年代おぼろに遠し

＊

大好きな道草をしてゐませんか空にもスタバがあるのよなんて

＊

（二首）

何にでも付いてゐますねバーコード売られるモノのかなしき値段

バーコード赤き光に翳されてピッピッと鳴る　呼び合ふふたり

＊

（三首）

スキー場休止を告ぐる放送のきれぎれ流る宙の風音

雪仕事なくて憂ふる明日の糧　寒の夜ばなしひくくきこゆる

＊

底ごもる除雪車の音きかぬまま夜明けの空にひかる金星

＊

やうやくにみつかりました良きホームきれいな文字の最後の葉書

＊

庭すこし拡げるやうに春の陽を乱反射する黄のクロッカス

あとがき

『沙羅の花』は、歌集『雪明り』に次ぐ私の第二歌集です。

この『沙羅の花』の内容は、第一歌集のようなドラマがありません。第一歌集以後の私に残ったものは病の予後を養うことと友人だけとなりました。幼なじみ、同級生、短歌を通じて出会い、友情を交し合うようになった人々、そして今なお親しく言葉をかけてくださる在職時代の関係者の皆様です。また故郷の自然も私にとって親しい友といえます。これらの友に恵まれ、ドラマというほどのことはなくとも、日々のさざ波のような出来事のなかで、自分を深く見つめる機会として短歌を続けることができますことをありがたく思っています。

この歌集には岩崎潤子様の「序」をいただき、準備にあたりご協力をお願いしました。岩崎潤子様は、「国原」を主宰された稲垣浩先生のお孫様、そして稲垣敬郎・道先生ご夫妻のご長女であり、先生方亡きあと「国原」の編集・発行を継承しておられます。浩先生ご存命の頃から薫陶をうけられ、先生に連れられて窪田空穂邸を訪問、「まひる野」を創刊されたご長男、窪田章一郎先生の「まひる野」へ入会し、師事。早稲田大学の卒業論文でも章一郎先生のご指導をうけられたとのことです。また、稲垣浩先生の第二歌集を編集発行されたご経験があり、是非にとお頼みした次第です。ここに記して御礼申し上げます。

なお、表記については、私自身に葛藤があり、一首のなかで、一般的に「まちがい」とされる文語、口語の文体の混合をあえてそのままにしています。仮名遣いについては全部を歴史的仮名遣い（旧仮名遣い）に統一し、ただ「　」でくくった口語の部分は現代仮名遣い（新仮名遣い）にしました。

最後に、歌集出版のお願いをいたしました短歌研究社の國兼秀二編集長様ならびにこまごました編集上のお手数をおかけしました編集部のスタッフの皆様にはひとかたならぬお世話になりました。厚く感謝申し上げます。

令和二年四月

ウイルス災禍のなかで

大串靖子

著者略歴

大串靖子（おおくしやすこ）

昭和十三年、滋賀県生まれ。旧満州からの引き揚げを経て青森県在住。

短歌は、昭和四十八年、青森県八戸市の短歌結社「国原社」入社、稲垣浩・稲垣道に師事。現在は歌誌「国原」へ参加。青森県内の「七戸群青短歌会」「希望の会」所属。

平成二十三年、青森県歌人懇話会第三十六回青森県準短歌賞受賞。

平成二十四年、第一歌集『雪明り』刊行。

検印
省略

国原叢書第七十三篇

令和二年九月二十六日　印刷発行

歌集　沙羅《さら》の花《はな》

定価　本体二五〇〇円（税別）

著者　大《おお》串《くし》靖《やす》子《こ》

郵便番号〇三九―二五二六
青森県上北郡七戸町字上町野一三八―五

発行者　國兼秀二

発行所　短歌研究社

郵便番号一一二―〇〇一三
東京都文京区音羽一―一七―一四　音羽YKビル
電話〇三（三九四四）四八二二・四八三三
振替〇〇一九〇―九―二四三七五番

印刷者　豊国印刷
製本者　牧製本

ISBN 978-4-86272-648-3 C0092 ¥2500E